PAUL DURANT

UN
LIBRAIRE DE PARIS

SOUS LA RÉPUBLIQUE

PARIS
ANDRÉ SAGNIER, ÉDITEUR
31, RUE BONAPARTE, 31

1879

PAUL DURANT

UN
LIBRAIRE DE PARIS
SOUS LA RÉPUBLIQUE

PARIS
ANDRÉ SAGNIER, ÉDITEUR
31, RUE BONAPARTE, 31

1879

Imprimerie de Poissy — S. Lejay et Cie.

UN
LIBRAIRE DE PARIS.
SOUS LA RÉPUBLIQUE

I

UN ANCIEN CAMARADE

Il y a dans les hôpitaux deux manières bien différentes de traiter certaines maladies, suivant le caractère ou le tempérament des directeurs de service. Pendant que les uns purgent, les autres nourrissent. Chacune des méthodes a ses partisans convaincus, et si les malades ont le malheur de tomber successivement sur des directeurs de service suivant des méthodes opposées, leur guérison n'avance guère, quand ils n'en meurent pas les uns après les autres.

Tel est le cas de la presse en France, à cette différence près que les médecins libéraux disposés à lui rendre le mouvement et la nourriture qui sont indispensables à sa bonne constitution, ont toujours eu la faiblesse de laisser subsister pour certains cas les ordonnances de leurs prédécesseurs, en sorte que leurs bons offices sont restés à peu près inutiles, et quelquefois nuisibles. Les serviteurs de l'hôpital, trouvant plus commode et plus conforme à leurs préjugés de saigner, de purger, et même de bâillonner la malade, histoire de prouver l'utilité de leurs fonctions, ne s'en font pas faute, et ils continuent toujours à exercer leur ministère de la façon la plus fantaisiste sans s'inquiéter de l'opinion personnelle de leurs chefs de service.

Certains de ses membres ont même la faveur d'être plus particulièrement soignés. Ainsi en est-il d'un de mes anciens camarades de collège, libraire de son état, homme bien doux et bien inoffensif, qui ne me semblait pas mériter cet honneur.

J'avais été frappé de ses démêlés fréquents avec la justice, en même temps que de l'énergie avec laquelle il avait réfuté publiquement, en plusieurs circonstances, les attaques dont il avait été l'objet à propos de ces démêlés.

M'occupant beaucoup de droit administratif, et désireux d'étudier sur le vif cette question, si intéressante, de la législation en matière de presse, je résolus de lui rendre visite, avec cette curiosité qui pousse les plus indifférents à entrer dans la cellule des criminels et à leur entendre faire l'aveu de leur crime.

Je m'attendais à voir une espèce de misanthrope devenu bilieux et facilement irritable; aussi ma surprise fut grande de retrouver mon ancien camarade aussi calme et aussi peu vindicatif qu'au temps de notre jeunesse.

Il me fit l'histoire de sa vie depuis notre séparation. Quand il en fut arrivé au point délicat qui m'intéressait le plus, et sur lequel, d'avance, je l'avais raillé d'une façon assez mordante pour m'at-

tirer son ressentiment, il ouvrit en souriant le ti-
roir de son bureau, et, me montrant une petite
liasse de papiers :

— Voilà, me dit-il, de quoi répondre d'avance
à toutes vos railleries. C'est un plaidoyer que
j'avais rédigé pour mon dernier procès.

« Cette affaire, pour des raisons que j'ignore, a
été jugée à huis-clos, alors que le livre a toujours
circulé à découvert. D'après la loi, je n'aurais
même pas le droit de vous communiquer ma
défense, si, par bonheur, le tribunal, au lieu de
m'écouter patiemment, ne m'avait empêché de lui
en réciter les passages les plus curieux.

« A ce propos, je vous ferai observer que vous
avez le droit de lire entre les lignes. Quand il
s'agit, pour un accusé, d'un délit où la loi permet
de lui appliquer jusqu'à *un an de prison*, sans
compter l'interdiction perpétuelle des droits civiques, il est bien contraint à une certaine prudence
d'expressions. Vous ferez la part de cette restric-
tion, et, après examen, vous toucherez évidem-

ment du doigt les imperfections du régime législatif auquel ma profession m'a soumis.

« J'aurais, du reste, bien des choses à y ajouter, mais cela m'entraînerait trop loin. Qu'il vous suffise de savoir que je suis partisan absolu de la liberté de la presse et de la parole.

« Je ne suis pas écrivain, je ne suis pas orateur, et mon intérêt n'est pas en jeu ; quant aux écarts auxquels cette liberté absolue peut donner lieu en dehors du droit commun, je n'y crois pas, sous un gouvernement vraiment libéral.

« Maintenant que je vous ai dit ma façon de voir, faites-moi le plaisir de venir partager mon repas de famille, et n'en parlons plus. Nous serions capables de ne plus nous entendre dans cinq minutes, si nous voulions continuer la discussion. »

Il n'y avait qu'à s'incliner ; c'est ce que je fis de bonne grâce, et je n'ai pas eu lieu de m'en repentir.

Ce plaidoyer, très-concis dans la forme, puisqu'il renferme en réalité l'histoire de cinq procès, m'a semblé assez intéressant pour être publié, au moment où l'on s'apprête à modifier une fois de plus la législation sur la presse en France. Le public spécial sera certainement de mon avis, et plus d'un lecteur, partisan des restrictions arbitraires, en arrivera à la conclusion que j'en ai tirée moi-même, à propos des libraires et de leur situation devant la loi.

II

LA DÉFENSE D'UN LIBRAIRE, EN L'AN 1878

Monsieur le président, Messieurs les juges,

Je prie le Tribunal de vouloir bien excuser ma hardiesse. — Si j'ai tenu à me défendre personnellement devant lui, ce n'est pas par un sentiment d'orgueil ; il serait mal venu sur ce banc d'accusé. — Ce n'est pas non plus, comme on pourrait le croire, par un sentiment de révolte. Habitué à souffrir alors que je n'ai jamais fait souffrir intentionnellement mon prochain, c'est à peine si je me souviens le lendemain des rigueurs exercées la veille contre moi.

C'est donc poussé par de plus hautes considérations, dans un parfait sentiment d'équité, que je demande au

1.

Tribunal la permission de lui soumettre quelques courtes observations qui seront toute ma défense.

Tout à l'heure, messieurs, vous m'avez interrogé sur mes antécédents judiciaires, et vous avez pu constater qu'ils n'ont trait qu'à ma vie commerciale de libraire. — M. le Procureur de la République, avec un talent que je ne discute pas, tout en regrettant de lui servir de cible, vous a rappelé ces antécédents, dont l'exposé devait évidemment me nuire dans votre esprit. Je reconnais volontiers qu'il pouvait se dispenser, dans l'intérêt de sa cause, de fouiller plus avant dans ma vie, s'il ne devait rien y trouver de favorable à ses prétentions.

Si M. le Procureur de la République avait agi autrement, et si, au lieu d'avoir en lui un adversaire passionné, la loi, qui me doit aide et protection comme à tout membre de la société qu'elle est chargée de défendre, en avait fait un censeur indulgent, je ne serais certainement pas à cette place, et jamais je n'aurais été condamné, parce que jamais, non plus qu'aujourd'hui, il n'y a eu d'intention coupable dans les faits qui m'ont été reprochés, et pour lesquels on m'a déjà puni avec une si grande sévérité.

M. le Procureur de la République, mieux informé, vous aurait dit, entre autres, que dans cette même enceinte où nous sommes, il y avait, en mai 1871, dans la cellule n° 40 de la prison de ce Palais-de-Justice, un prisonnier politique de la Commune, qui ne voulait pas plier devant elle, et qui lui résistait toujours, même sous les verrous. — Nuit et jour le cabanon de ce prisonnier était éclairé, par une faveur spéciale réservée aux ôtages de l'insurrection, et, comme tous les courriers contenaient une nouvelle protestation contre son arrestation, la troisième depuis le 18 mars, il était scrupuleusement gardé. Personne ne pouvait le voir ou lui écrire ; il était au secret le plus absolu, manquant de tout, voiré même de linge et d'argent de poche.

Pareille rigueur n'était usitée contre aucun autre détenu, et elle tenait à son refus persistant de violer des secrets qui n'étaient pas les siens.

M. le Procureur de la République aurait ajouté que

le même prisonnier, délivré par l'incendie le 24 mai, avait passé cette journée entre deux barricades, tenant à lui seul contre les insurgés une maison d'angle où il avait caché à leur insu 17 de ses co-prisonniers, qu'il a eu la satisfaction de tirer de cette infernale bagarre en les prenant sous son égide.

Ce prisonnier de la Commune était, en effet, un des représentants autorisés du gouvernement régulier dans le 6e arrondissement de Paris, qu'il habite depuis sa naissance, et jamais, alors que la lâcheté était à l'ordre du jour dans les rangs de ses concitoyens, il ne s'était caché pour soutenir ouvertement la cause de l'ordre et de la conservation sociale.

Il n'avait pourtant, Messieurs, malheureusement pour lui, rien à perdre dans une révolution ; il sentait la ruine venir dans sa maison par le contre-coup de ces tristes événements ; il n'avait pas l'ambition du galon, si commune alors, et, qui plus est (excusez sa bêtise), il ne cherchait aucune récompense. Proposé avec le n° 1 ou 2 dans son arrondissement pour la croix d'honneur au mois de juin, il a refusé absolument de donner lui-même la moindre note à l'appui de cette proposition.

C'est alors que M. le Procureur de la République aurait pu, en suivant l'ordre chronologique, vous dire comment la société a récompensé ce bon citoyen par les condamnations qu'il a rappelé et dont voici l'histoire très abrégée.

Trois mois après seulement, un individu fort poli vient me demander, après s'être assuré que je ne l'avais pas en magasin, de lui faire venir de Bruxelles une petite brochure intitulée : *Les amours de Napoléon III*, par l'auteur des *Crimes du 2 décembre*, annoncée au dos d'un livre du comte de la Guéronnière, dont j'étais le dépositaire à Paris. Cette brochure, condamnée en 1868 pour outrage au souverain et non pour outrage aux mœurs, circulait alors librement en France, avec la tolérance du Ministère de l'Intérieur. Rien ne s'opposait donc au désir de mon visiteur. Je fais venir l'opuscule, je le livre, et, à mon grand étonnement, je suis appelé devant un juge d'instruction. Fort de mon droit, je raconte l'histoire, et je signe mon récit ; le juge se montre fort gracieux, et je crois qu'il ne sera pas donné suite à l'affaire (j'étais encore naïf en ces matières!). Huit jours après, je m'asseyais pour la première fois sur le banc d'infamie, et je m'entendais condamner pour outrage aux bonnes mœurs à 300 francs d'amende.

J'ai réclamé, protesté, supplié; le Ministère de l'Intérieur a appuyé ma protestation et mon recours en grâce. Rien n'y a fait, et après avoir bien crié inutilement, j'ai dû payer l'amende, sous peine d'être mis en prison.

Ceci est déjà fort, messieurs, mais voici qui dépasse encore, surtout après ce que je vous ai raconté tout à l'heure.

En 1872, on m'apporte une série de lettres très originales, qui avaient paru en 1871 dans la *Vérité*, journal ultra-radical, et avaient été reproduites immédiatement, à titre d'arme contre la Commune, par *la Patrie*, journal ultra-conservateur.

Ces « lettres d'un bon rouge aux membres de la Commune de Paris » n'avaient pas été poursuivies, bien que leur auteur eut passé en Conseil de guerre; au contraire, elles avaient servi de circonstance atté-

nuante dans l'examen de sa conduite pendant l'insurrection ; en tout cas, rééditées par moi en 1873, elles
étaient présentées au public comme un document
historique curieux et surtout comme une preuve de
l'aberration des esprits pendant cette période. Je ne
pensais, certes, pouvoir être suspecté un seul instant
d'en partager les tendances.

Eh bien ! le 15 novembre 1873, j'ai été condamné,
en cour d'assises, avec le bénéfice des circonstances
atténuantes (qu'aurait-ce été sans cela ?), à 6 mois de
prison et solidairement à 7,500 fr. d'amende, pour
avoir fait cette réimpression inoffensive, qui n'a, du
reste, jamais eu de lecteurs.

Deux mois après, ayant dû, sous l'empire de la mau-
vaise chance qui me poursuit dans toutes mes entre-
prises, malgré ma parfaite régularité d'existence, sus-
pendre mes paiements, j'avais besoin d'un sursis de
détention pour arranger mes affaires ; le président du
Cercle de la librairie avait appuyé très-chaleureuse-
ment, dans les termes les plus flatteurs, ma demande de
recours en grâce ; M. le Procureur-général, usant de
sa prérogative, avait pris sur lui de m'accorder ce sur-

sis. Mais, comme il ne fallait pas être agréable à un aussi grand criminel, le Ministère de la justice donna l'ordre de me faire incarcérer immédiatement.

J'ai, en 1874, souffert six mois de prison pendant que ma maison était en liquidation judiciaire, alors que ma femme était souffrante et enceinte, et que notre mère était mourante. Entre temps, l'une de nos filles eut la petite vérole, et elle resta trois mois malade. Vous voyez d'ici quel a été notre supplice.

Sorti de prison, mes ennuis n'étaient pas finis ; à l'instigation du parquet, mon concordat, dont les conditions étaient pourtant très avantageuses pour les tiers, fut refusé quelques mois après, par la présidence du tribunal de commerce, *pour cause d'intérêt public*, malgré les démarches très honorables faites en ma faveur.

Je fus donc obligé, pour obtenir le droit de vivre avec mon nom, de porter l'affaire devant la Cour d'appel. Cette fois encore, le ministère public y était représenté par le même avocat-général dont la plaidoirie m'avait conduit à Sainte-Pélagie.

La Cour d'appel me donna gain de cause, et c'était

justice. Cette torture morale et matérielle avait duré 21 mois!

Je pouvais croire être désormais à l'abri des rigueurs de cette législation au nom de laquelle on me poursuit aujourd'hui.

Il n'en était, malheureusement rien. En 1877, un auteur inconnu, sur la recommandation d'une grande imprimerie de Paris dont la sévérité morale est chose notoire, vient me proposer de mettre mon nom comme libraire sur un roman tout imprimé et intitulé *Emma et Delphine*. J'en trouve le style fort naïf, mais je n'y vois rien de repréhensible. Du reste, j'avais, pour appuyer ma conviction, l'examen très sévère qui devait avoir déjà eu lieu chez l'imprimeur-éditeur. Je m'étais trompé ; l'auteur, homme fort respectable qui ne pincerait pas la taille à une femme pour un empire (ou une présidence de république), avait commis, parait-il, les outrages les plus violents contre la morale la moins sévère.

L'imprimeur, qui avait reçu le prix du sang sous forme d'espèces sonnantes à lui remises pour l'impression par l'auteur, ne fut pas mis en cause, et c'est moi, pauvre bouc émissaire, qui fut chargé de tous les crimes découverts par l'administration dans un ouvrage où jamais, depuis lors, on n'a pu les y retrouver, tant ils échappent à une simple lecture.

Je dois reconnaître ici que le tribunal, dont le jugement était fort sévère pour le livre, fut indulgent pour moi, vis-à-vis de notre évidente bonne foi, car je ne fus condamné qu'à 100 fr. d'amende.

Comme vous le voyez, messieurs, parce que j'ai le malheur d'être libraire, la société, dont vous êtes l'expression fondamentale, m'a bien mal traité jusqu'à présent, et si je n'étais pas philosophe, j'aurais de singuliers enseignements à donner à mes quatre enfants sur la répartition des biens moraux de ce monde. Heureusement, je ne suis ni un insurgé, ni même un mécontent. Je m'incline très-volontiers devant la loi, tout en espérant que chaque coup dont elle me frappe rapproche l'instant où ses termes seront changés, au grand soulagement de mes successeurs en librairie.

Ceci dit, pour vous prouver une fois de plus qu'en matière de condamnation de presse, il ne faut pas toujours se baser sur les antécédents des prévenus, j'arrive à l'affaire de *Madame Ducroisy*, le nouveau livre de Marc de Montifaud.

J'ai réimprimé, il y a quelques années, ses deux premiers ouvrages ; c'est donc pour moi une vieille relation. Cependant je n'ai l'honneur de connaître personnellement cet auteur que depuis quelques jours, et ce, à l'occasion du procès actuel. Marc de Montifaud est une grande dame qui ne daigne pas rendre visite à son libraire, suivant en cela les traditions de plus d'un grand écrivain.

Elle m'a fait demander de lui laisser mettre mon nom sur son livre, qu'elle faisait imprimer elle-même, et dont elle m'envoyait en même temps les premières bonnes feuilles, que j'ai sur moi en vous parlant.

Sa bonne foi, messieurs, en cette circonstance, ne peut être mise en doute ; la question de poursuites éventuelles, agitée par moi, a été écartée par elle dans cette proposition avec la plus grande énergie. Elle n'avait, vous en conviendrez, aucun intérêt à me tromper : madame de Montifaud n'admettait par la possibilité d'une action judiciaire contre son roman. Elle comptait, me faisait-elle dire, sortir du cercle ordinaire de ses écrits pour aborder de front, sous la forme romanesque, l'étude satirique des mœurs contemporaines. De là le titre général de *Comédie contemporaine* placé en tête du livre. Vis-à-vis de cette assurance formelle, dont la sincérité reposait sur son propre intérêt, je consentis volontiers à lui servir de commissionnaire-expéditeur, comme tout autre libraire l'eût fait à ma place, ayant déjà deux de ses ouvrages, moyennant une très-légère indemnité pour mes peines et soins.

Je n'ai participé en rien à la publication de *Madame Ducroisy*, pour lequel les formalités légales du dépôt étaient remplies bien avant qu'on m'en eût livré un seul exemplaire. La mise en vente chez les libraires de Paris a été faite sans mon concours. S'il y a un délit, j'en suis donc absolument irresponsable, et je demande simplement d'être mis hors de cause.

C'est ici, messieurs, que je réclame toute votre attention, en vous remerciant de la bienveillance avec laquelle vous voulez bien écouter ces modestes observations.

La loi, au nom de laquelle vous me poursuivez, n'a pas voulu, certainement, qu'il en fût ainsi, et si l'application qui m'en est faite par la prévention peut paraître à première vue conforme à sa lettre, elle est évidemment contraire à son esprit.

Qu'a voulu le législateur, en plaçant l'éditeur au premier rang dans la culpabilité des délits de presse, et en ne considérant l'auteur que comme son complice ? Punir justement celui qui fait servir sa fortune et sa position personnelle à la publication d'œuvres contraires à la marche régulière de la société.

Il n'a certainement pas voulu atteindre le libraire qui, se trouvant vis-à-vis d'un livre imprimé, pour lequel les formalités légales ont été remplies, dans lequel il n'est pas capable de discerner le délit et d'apprécier la limite extrême de la tolérance administrative, se contente, comme dans l'espèce qui nous occupe, d'exploiter commercialement la marchandise qui lui est confiée au mieux des intérêts de celui qui la lui remet toute fabriquée.

Cela, messieurs, est de toute évidence. En effet, si vous admettez qu'un livre soit publié à ses frais, risques et périls par un éditeur pour en tirer un profit mercantile sérieux, grâce à l'écart normal entre le prix de revient et le prix de vente, pouvez-vous admettre un instant qu'un simple consignataire ait le même intérêt? Il n'en est rien assurément, et le mobile du délit, si délit il y a, échappe absolument à tout examen impartial.

Expédiant chez moi, dans mon appartement, aux autres libraires, avec la remise commerciale et en compte courant, j'ai, en tout et pour tout, pour m'indemniser de tous mes soins, peines, écritures, pertes d'argent, une sur-remise de 7 à 10 0/0, c'est-à-dire qu'après avoir vendu 1,000 exemplaires, avoir fait peut-être 4 à 500 factures, je ne puis réaliser qu'un bénéfice de 250 à 350 fr. Y a-t-il là une chance suffisante pour courir le moindre risque, si imperceptible qu'il puisse être? Non, certainement; donc, point de mobile intéressé, et dès lors présomption entière de bonne foi à l'égard de l'administration.

Je vais même plus loin. On a souvent dit et répété dans le monde judiciaire que le libraire éditeur d'un livre devait être considéré comme le gérant d'un journal, et qu'il devait être responsable aux yeux de la loi au même titre. Cette assimilation serait juste si on pouvait considérer une maison de librairie comme un journal. Mais la position est loin d'être identique. Le journal, œuvre d'actualité avec un but politique, est une affaire dont les intérêts peuvent être liquidés au jour le jour; il est, la plupart du temps, la propriété d'un certain nombre d'associés, dont le gérant n'est que le mandataire salarié, payé quelquefois doublement en cas de détention, toujours prévue, si ce n'est probable.

La maison de librairie, au contraire, est une construction de longue haleine, sans caractère politique, dans laquelle on trouve des matériaux de toute sorte, où il y a beaucoup d'intérêts engagés en détail, et pour une longue période, sur chacune de ces espèces de matériaux. Elle est toujours la propriété de celui qui l'exploite; sa vie, celle de sa famille, l'exécution de ses engagements à longue date, sont subordonnés à la bonne marche de ses affaires.

Au lieu de lui servir dans l'opinion publique, une poursuite, qui pose un journal et lui sert souvent de marchepied pour atteindre plus facilement la confiance des abonnés, est très-nuisible à un libraire. La

simple annonce du fait suffit pour porter à sa consi-
dération et à son crédit le coup le plus sensible. Pour
ma part, je ne puis me relever, après bien des efforts,
du tort qui m'a été fait précédemment, et je ne sau-
rais dire celui qui me sera porté par la poursuite actuelle, même si elle se termine par un acquittement,
comme je le demande.

Il en reste toujours quelque chose de défavorable,
et, ne serait-ce qu'à ce point de vue, j'estime qu'on
pourrait y regarder de plus près avant d'user d'une
arme aussi redoutable.

Ainsi que vous pouvez en juger, Messieurs, par ces
observations générales, dont l'équité est parfaite, je
ne puis avoir commis le moindre délit; j'ai fait un
simple acte de mon commerce. N'ayant ni publié, ni
mis en vente, ni exposé publiquement le livre intitulé
Madame Ducroisy, je suis matériellement [1] en dehors

1. En effet, le parquet n'ayant constaté à la charge du défendeur
ni publication, ni mise en vente, ni exposition publique, et n'ayant
saisi chez lui que des exemplaires enveloppés et prêts à partir pour
les départements, il ne pouvait y avoir délit commis à Paris, c'est-
à-dire au siége du tribunal devant lequel le libraire était cité. La
jurisprudence est constante à cet égard.

des termes de la loi, et, au point de vue moral, je suis tout à fait inconscient, puisqu'en aucune façon je n'ai jamais eu droit de contrôle sur l'œuvre elle-même.

En me poursuivant, le parquet a évidemment cru (car je ne suspecte pas sa bonne foi comme il a suspecté à tort la mienne par cette prévention) atteindre l'éditeur réel du livre, c'est-à-dire celui qui, comme je le disais tout à l'heure, avait fait servir sa fortune et sa situation personnelle à l'édition d'un ouvrage contraire aux bonnes mœurs, dans le but d'en tirer le profit matériel que peut amener en ces temps-ci le succès d'un roman passionné.

Si cela était, je devrais m'incliner de bonne grâce. *Dura lex, sed lex.* Il est évident que cette législation est, du reste, trop sévère, même contre l'éditeur réel d'un livre. Je vous ai détaillé tout à l'heure les conséquences terribles qui pouvaient en résulter, et qui en étaient résultées pour moi dans une autre circonstance. Par une remarque singulière qui m'a souvent été faite et que vous me permettrez de vous répéter; ces conséquences n'ont guère atteint que moi comme libraire depuis 1871.

Après avoir remercié le Tribunal de l'indulgence avec laquelle il a bien voulu écouter cette défense, je termine en comptant sur sa justice pour faire droit à ma demande, c'est-à-dire pour me mettre hors de cause, si, ainsi que je l'espère, après examen attentif, il ne doit pas amnistier conplètement *Madame Ducroisy* et son auteur.

III

LE DERNIER QUART-D'HEURE

A la suite du plaidoyer qui précède, et dont les dernières pages seules ont pu être prononcées devant le tribunal, impatient d'en finir avec une protestation désagréable, mon ami le libraire a été condamné à 500 francs d'amende.

Ce jugement me servira de point de comparaison pour ma conclusion contre la forme actuelle de la loi.

Le libraire a été condamné comme auteur principal du délit d'outrage aux bonnes mœurs, à 500 francs d'amende, pendant que son complice, l'écrivain, était condamné à quatre mois de prison et 500 francs d'amende.

Si le libraire était réellement coupable, cette peine est trop douce pour un gaillard qui a déjà été convaincu, dans un prétendu procès, d'outrages à une religion reconnue par l'État, d'excitation à la haine des citoyens les uns contre les autres, d'apologie de faits qualifiés crimes, et enfin de provocation au vol et à l'assassinat. On ne doit pas ménager de pareilles gens quand on les tient, à propos d'un délit bien caractérisé.

S'il est innocent, pourquoi ces 500 francs d'amende ? Pour le principe, peut-être ; il n'est pas permis à un libraire d'user les fonds de sa culotte sur les bancs du Palais-de-justice sans payer quelques frais d'usure et de dégradation. Mais alors, pourquoi la privation perpétuelle des droits civiques, que la grâce n'efface même pas ?

Notez que mon ami le libraire, ce grand coupable, dont les crimes ont été énumérés tout à l'heure, est amnistié pour tous ces crimes, tandis qu'il conserve toujours au front une tache indélébile, parce qu'il a plu à certains individus grincheux de dénoncer au parquet de la Seine les trois ouvrages intitulés : *Les amours de Napoléon III*, brochure insignifiante que le parquet de l'empire n'avait pas même considéré comme outrageant les bonnes mœurs, mais comme portant seulement atteinte au respect du souverain régnant ; *Emma et Delphine*, roman amphigourique par lettres, où il a fallu tourmenter le texte pour y trouver ce qu'un homme honorable n'avait jamais songé à y mettre ; et enfin *Madame Ducroisy*, roman beaucoup plus ennuyeux qu'immoral, dont le plus grand tort était d'être signé par son auteur.

En effet, la condamnation pour outrage aux bonnes mœurs, par le tribunal de première instance, emporte avec elle la privation perpétuelle des droits politiques, par son seul fait, alors que la jurisprudence reconnaît que, seule, la cour de cassation peut déterminer pour un livre le délit d'outrage aux mœurs.

Il est vrai que nous constatons, dans les poursuites citées plus haut, l'effet d'une préférence
particulière. Beaucoup d'autres livres ont été dénoncés depuis 1871, soit comme immoraux, soit
comme séditieux, qui n'ont pas été poursuivis :
histoire de bien établir, sans doute, le droit absolu
qu'a la justice d'avoir divers poids et mesures, suivant le degré d'estime dans lequel elle tient les dé-
nonciateurs et les dénoncés, ou l'opportunité de la
poursuite à certains points de vue.

Mon ami le libraire aurait dû certes être privi-
légié plus que certains de ses confrères, qui
n'ont pas risqué leur vie pour la défense de la société dans des circonstances aussi difficiles [1]. Mais
on a vu qu'il avoue lui-même sa pauvreté, et on
savait d'avance, en le poursuivant, qu'il ne pourrait aller jusque devant la cour de cassation pour
défendre un texte douteux.

Il y a dans cette situation anormale, qui est

1. Voir l'appendice, page 34.

restéé propre aux libraires, alors qu'on en a re-
connu l'absurdité pour les imprimeurs, une fiction
légale que la nouvelle législation sur la presse
devra donc supprimer.

Il est impossible de laisser plus longtemps à
la merci d'un simple marchand de livres le soin
de juger en dernier ressort de la moralité d'un
écrit. D'autre part, si l'éditeur s'est trompé une
fois par hasard, il n'est pas rationnel de voir
annuler sa décison par le caprice d'un magistrat. Pareille situation est plus ennuyeuse
que la censure pour un écrivain, puisqu'il est
soumis à toutes les influences contraires suscep-
tibles d'impressionner à la fois le libraire et
le magistrat dans l'examen impartial de son
livre.

Pour le libraire, c'est pis encore ; il ne sait plus
que penser, en voyant la tolérance de l'administration pour certains ouvrages vis-à-vis de sa sévérité pour d'autres.

Je n'en veux pour preuve qu'un seul exemple

final, qui m'est encore fourni par mon ancien camarade.

En octobre 1873, voulant répondre à la poursuite imprévue contre la réimpression des *Lettres d'un bon rouge*, dont jamais cent exemplaires n'ont été vendus, ce libraire eut l'audace de publier un pamphlet satirique appelé : *Le régime du goupillon*, dirigé à bout portant contre le ministère du 24 mai.

Déposé par l'imprimeur, avant son apparition, au parquet de Versailles, cet opuscule fut soigneusement examiné, et l'administration judiciaire crut devoir en référer en haut lieu. Le Ministére prescrivit à l'imprimeur d'attendre quelques jours avant la remise de l'édition, voulant demander à la commission de permanence l'autorisation de poursuivre au nom de l'Assemblée.

Or, l'éditeur n'a pas été inquiété pour cet opuscule, malgré la dénonciation faite encore six mois plus tard par un journal officieux. Jamais pamphlet n'a mieux mérité une poursuite, et jamais livre n'a joui d'une plus complète impunité.

Que conclure d'une pareille absence de logique dans l'application de la loi? — Il n'y a évidemment dans la législation actuelle de la presse qu'un amalgame hybride de dispositions arbitraires bonnes à reléguer au Musée des Antiques, avec les brevets de privilège, les autorisations royales et les lettres de cachet auxquels donnait lieu l'impression d'un livre avant 1789. — Il faut reconstruire sur son emplacement, dans le dernier quart d'heure séculaire qui nous reste, une législation appropriée aux doctrines nouvelles, compréhensible à l'intelligence du vulgaire, et dont les dispositions ne continuent pas à faire de l'écrivain ou du libraire un pestiféré en dehors du droit commun.

Paul Durant.

10 mars 1879.

IV

UN POST-SCRIPTUM UTILE

Nous croyons nécessaire, pour l'intelligence de ce qui précède, de publier la pièce suivante, produite en 1875 devant la cour d'appel :

Paris, le 5 juillet 1875.

Je soussigné, Eugène Demay, architecte, chevalier de la Légion d'honneur (nommé en juin 1871), ancien commandant supérieur de la garde nationale du 6ᵉ arrondissement, ait fait, le 19 mars 1871, la connaissance de M. A. S..., libraire dans mon quartier et simple garde national dans le 20ᵉ bataillon que j'avais l'honneur de commander.

Après les ententes avec notre municipalité et l'officier d'état-major Lunel pour résister à l'insurrection, A. S... venait se mettre à ma disposition pour organiser cette résistance.

Du 19 au 26 mars, sous les ordres de M. l'amiral Saisset et de M. le capitaine de vaisseau Trève, nommé chef de notre légion dans une réunion convoquée par nous, nous formions, avec le 1ᵉʳ, le 2ᵉ et le 7ᵉ arrondissement, un vaste faisceau; mais, au départ de M. l'amiral Saisset, nous dûmes modifier cette organisation.

S... fut arrêté une première fois en pleine mairie de Saint-Sulpice dans les circonstances les plus honorables, et détenu pendant quelques jours.

Le 1er avril, le gouvernement ayant établi une nouvelle situation en nommant des commandants supérieurs d'arrondissement sous la direction générale de MM. Charpentier et Lunel, S..., aussitôt libre, fut chargé par moi de nous aider dans toutes les démarches nécessaires pour retenir sous nos ordres le plus grand nombre possible de gardes nationaux, et activer la formation de nouveaux groupes armés, conformément aux instructions de Versailles. Malgré les dangers qu'il courait journellement, il n'a pas failli un seul instant à cette mission, et nous avons pu conserver dans l'arrondissement une véritable force que les circonstances et surtout la dernière arrestation de S... et autres n'ont pas permis d'utiliser comme nous l'aurions voulu.

Nous avons, d'autre part, fait tout ce qui était possible, et nous avons tenté souvent, en dehors de notre sphère d'action, les efforts les plus dangereux.

Entre autres, je me souviens que S... ayant été averti de l'arrestation projetée de monseigneur Darboy, dont il était personnellement connu depuis son enfance, au moment où cette arrestation devait être mise à exécution, il ne craignit pas, après avoir averti le presbytère de Saint-Sulpice, menacé également, d'envoyer une lettre, qu'il signa, au regretté archevêque, par un messager qui nous était dévoué; mais les insurgés occupaient déjà la demeure épiscopale.

Le 16 mai 1871, S..., qui sortait avec moi d'un conseil tenu chez M. Durouchoux (mort victime de son dévouement à notre commission), fut arrêté dans notre quartier, dans l'exécution de mes ordres et porteur des instructions du gouvernement en cas d'une intervention de la garde nationale, lors de l'entrée des troupes : c'est-à-dire que S... était sous le coup d'une exécution capitale sans jugement, s'il n'avait su faire disparaître les notes dont il était porteur.

Après être resté deux jours enfermé à la mairie de Saint-Sulpice (6e arrondissement), pressé de questions, il garda le silence, dans la crainte de compromettre quelqu'un, et il fut écroué au Palais-de-Justice sans que nous sachions ce qu'il deviendrait.

S..., prisonnier des insurgés, pouvait obtenir sa liberté : on la lui promettait à la condition d'indiquer l'endroit où son chef, Demay, tenait ses réunions à Paris; S... préféra rester en prison, et pourtant il savait ce qu'étaient devenus un grand nombre des ôtages.

Je choisis ces exemples entre bien d'autres.

Le 24 mai 1871, à la rentrée de nos troupes, je l'ai vu revenir de sa prison à la tête d'un détachement de prisonniers des insurgés sauvés par lui, après une journée passée mi-partie dans l'incendie du Palais-de-Justice, mi-partie entre les barricades.

Du 24 mai au 15 juin 1871, S..., dont la fermeté n'avait pas été diminuée par cette détention aussi pénible et aussi dangereuse, est resté nuit et jour à notre mairie, me remplaçant dans tous les détails afférents à la réorganisation des divers services, d'accord avec les officiers de l'armée, de la façon la plus modeste et la plus utile, et il ne m'a quitté que lorsque ses services n'étaient plus nécessaires, pour reprendre son commerce interrompu depuis près d'un an par tous nos événements.

Tous les actes dont il a pris souvent l'initiative ont, du reste, toujours été approuvés par moi, sans que jamais j'aie eu lieu de m'en repentir, malgré la difficulté des circonstances que nous avions à traverser.

Ces faits pourraient, d'autre part, être certifiés par un grand nombre de personnes honorables, habitant l'arrondissement dont la direction m'avait été confiée.

Dans toute la dernière lutte, qui a duré plus de deux mois, et dans laquelle aucun intérêt personnel n'a dirigé M. A. S..., je n'ai eu qu'à me louer de son concours, et j'ai gardé cette conviction très-profonde, qu'il est dévoué partisan de l'ordre et de grande moralité.

DEMAY.

Imprimerie de Poissy — S. Lejay et Cⁱᵉ.

IMPRIMERIE DE POISSY — S. LEJAY ET Cie.

Tiré à 500 exemplaires

Nº

www.ingramcontent.com/pod-product-compliance
Ingram Content Group UK Ltd.
Pitfield, Milton Keynes, MK11 3LW, UK
UKHW021619130726
13696UKWH00005B/1969